LE MÉDECIN

MALGRÉ LUI,

COMÉDIE EN TROIS ACTES.

LE MÉDECIN MALGRÉ LUI,

COMÉDIE EN TROIS ACTES,

DE MOLIÈRE;

Représentée, pour la première fois, sur le Théâtre du Palais-Royal, le vendredi 6 du mois d'août 1666, par la Troupe du Roi.

NOUVELLE ÉDITION
CONFORME A LA REPRÉSENTATION.

PRIX : 1 FR. 50 CENT.

PARIS,

CHEZ J.-N. BARBA, LIBRAIRE,
Éditeur des Œuvres de Picard-Leroux,
PALAIS-ROYAL, DERRIÈRE LE THÉÂTRE-FRANÇAIS, N° 51.

1821.

PERSONNAGES.

GÉRONTE.
LÉANDRE, amant de Lucinde.
SGANARELLE.
VALÈRE, domestique de Géronte.
LUCAS, jardinier de Géronte.
M. ROBERT, voisin de Sganarelle.
THIBAUT, paysan.
PERRIN, fils de Thibaut. } (1)

LUCINDE, fille de Géronte.
MARTINE, femme de Sganarelle.
JACQUELINE, nourrice chez Géronte, et femme de
Lucas.

La scène se passe à la campagne.

---

(1) Ces deux personnages sont d'une scène supprimée.

Nota. On a observé, dans l'impression, l'ordre des places des personnages, en commençant par la gauche des spectateurs (ce qui est la droite des acteurs). Les changemens de places sont indiqués par des renvois au bas des pages.

Les noms des personnages imprimés en caractères *italiques*, indiquent qu'ils ne sont pas sur le devant de la scène.

On a fait précéder d'une astérisque (*) ce qui ne se dit pas à la représentation.

D. L. P.

LE MÉDECIN
MALGRÉ LUI,

COMÉDIE EN TROIS ACTES.

ACTE PREMIER.

(Le Théâtre représente l'entrée d'une forêt.)

SCÈNE I.

SGANARELLE et MARTINE, *en se querellant.*

SGANARELLE.

Non, je te dis que je n'en veux rien faire, et que c'est à moi de parler et d'être le maître.

MARTINE.

Et je te dis, moi, que je veux que tu vives à ma fantaisie, et que je ne me suis point mariée avec toi pour souffrir tes fredaines.

SGANARELLE.

O! la grande fatigue que d'avoir une femme! et qu'Aristote a bien raison, quand il dit qu'une femme est pire qu'un démon!

MARTINE.

Voyez un peu l'habile homme, avec son benêt d'Aristote.

SGANARELLE.

Oui, habile homme. Trouve-moi un faiseur de fagots qui sache, comme moi, raisonner des choses; qui ait servi six

Le Médecin malgré lui. 1

ans un fameux médecin ; et qui ait sû, dans son jeune âge,
son rudiment par cœur.

MARTINE.

Peste du fou fieffé !

SGANARELLE.

Peste de la carogne !

MARTINE.

Que maudits soient l'heure et le jour où je m'avisai d'aller
dire oui !

SGANARELLE.

Que maudit soit le bec cornu de notaire qui me fit signer
ma ruine !

MARTINE.

C'est bien à toi, vraiment, à te plaindre de cette affaire.
Devrais-tu être un seul moment sans rendre grâces au ciel
de m'avoir pour ta femme ? et méritais-tu d'épouser une personne comme moi ?

SGANARELLE.

Il est vrai que tu me fis trop d'honneur, et que j'eus lieu
de me louer la première nuit de nos noces. Eh, morbleu !
ne me fais point parler là-dessus, je dirais de certaines
choses.....

MARTINE.

Quoi ? que dirais-tu ?

SGANARELLE.

Baste ! laissons-là ce chapitre ; il suffit que nous savons ce
que nous savons, et que tu fus bien heureuse de me trouver.

MARTINE.

Qu'appelles-tu bienheureuse de te trouver ? Un homme
qui me réduit à l'hôpital, un débauché, un traître qui me
mange tout ce que j'ai.

SGANARELLE.

Tu as menti, j'en bois une partie.

MARTINE.

Qui me vend, pièce à pièce, tout ce qui est dans le logis.

SGANARELLE.

C'est vivre de ménage.

MARTINE.

Qui m'a ôté jusqu'au lit que j'avais.

SGANARELLE.

Tu t'en lèveras plus matin.

MARTINE.

Enfin, qui ne laisse aucun meuble dans toute la maison.

SGANARELLE.

On en déménage plus aisément.

MARTINE.

Et qui, du matin jusqu'au soir, ne fait que jouer et que boire.

SGANARELLE.

C'est pour ne point m'ennuyer.

MARTINE.

Et que veux-tu, pendant ce temps, que je fasse avec ma famille?

SGANARELLE.

Tout ce qu'il te plaira.

MARTINE.

J'ai quatre pauvres petits enfans sur les bras.

SGANARELLE.

Mets-les à terre.

MARTINE.

Qui me demandent à toute heure du pain.

SGANARELLE.

Donne-leur le fouet. Quand j'ai bien bu et bien mangé, je veux que tout le monde soit soul dans ma maison.

MARTINE.

Et tu prétends, ivrogne, que les choses aillent toujours de même?

SGANARELLE.

Ma femme, allons tout doucement, s'il vous plait.

MARTINE.

Que j'endure éternellement tes insolences et tes débauches?

SGANARELLE.

Ne nous emportons point, ma femme.

MARTINE.

Et que je ne sache pas trouver le moyen de te ranger à ton devoir?

SGANARELLE.

Ma femme, vous savez que je n'ai pas l'âme endurante, et que j'ai le bras assez bon.

NARTINE.

Je me moque de tes menaces.

SGANARELLE.

Ma petite femme, ma mie, votre peau vous démange, à votre ordinaire.

NARTINE.

Je te montrerai bien que je ne te crains nullement.

SGANARELLE.

Ma chère moitié, vous avez envie de me dérober quelque chose.

MARTINE.

Crois-tu que je m'épouvante de tes paroles ?

SGANARELLE.

Doux objet de mes vœux, je vous frotterai les oreilles.

MARTINE.

Ivrogne que tu es !

SGANARELLE.

Je vous battrai.

MARTINE.

Sac à vin !

SGANARELLE.

Je vous rosserai.

MARTINE.

Infâme !

SGANARELLE.

Je vous étrillerai.

MARTINE.

Traître ! insolent ! trompeur ! lâche ! coquin ! pendard ! gueux ! bélitre ! fripon ! maraud ! voleur !...

SGANARELLE prend un bâton, et lui en donne des coups.

Ah ! vous en voulez donc ?

MARTINÉ, criant.

Ah ! ah ! ah ! ah !

SGANARELLE.

Voilà le vrai moyen de vous apaiser.

SCÈNE II.

MARTINE, M. ROBERT, SGANARELLE.

M. ROBERT.

Holà ! holà ! holà ! Fi. Qu'est-ce ci ? Quelle infamie !
Peste soit le coquin, de battre ainsi sa femme.

MARTINE, les mains sur les côtes, et lui parlant en le faisant reculer.

Eh ! je veux qu'il me batte, moi.

M. ROBERT.

Ah ! j'y consens de tout mon cœur.

MARTINE.

De quoi vous mêlez-vous ?

M. ROBERT.

J'ai tort.

MARTINE.

Est-ce là votre affaire ?

M. ROBERT.

Vous avez raison.

MARTINE.

Voyez un peu cet impertinent, qui veut empêcher les
maris de battre leurs femmes.

M. ROBERT.

Je me rétracte.

MARTINE.

Qu'avez-vous à voir là-dessus ?

M. ROBERT.

Rien.

MARTINE.

Est-ce à vous d'y mettre le nez ?

M. ROBERT.

Non.

MARTINE.

Mêlez-vous de vos affaires.

M. ROBERT.

Je ne dis plus mot.

MARTINE.

Il me plaît d'être battue.

M. ROBERT.

D'accord.

MARTINE.

Ce n'est pas à vos dépens.

M. ROBERT.

Il est vrai.

MARTINE.

Et vous êtes un sot, de venir vous fourrer où vous n'avez que faire.

(Elle lui donne un soufflet.)

M. ROBERT, à Sganarelle.

Compère, je vous demande pardon de tout mon cœur. Faites, rossez, battez comme il faut votre femme; je vous aiderai, si vous le voulez.

SGANARELLE, lui parlant, en le faisant reculer.

Il ne me plaît pas, moi.

M. ROBERT.

Ah ! c'est une autre chose.

SGARANELLE.

Je la veux battre, si je le veux; et ne la veux pas battre, si je ne le veux pas.

M. ROBERT.

Fort bien.

SGANARELLE.

C'est ma femme, et non pas la vôtre.

M. ROBERT.

Sans doute.

SGANARELLE.

Vous n'avez rien à me commander.

M. ROBERT.

D'accord.

SGANARELLE.

Je n'ai que faire de votre aide.

M. ROBERT.

Très-volontiers.

SGANARELLE.

Et vous êtes un impertinent, de vous ingérer des affaires d'autrui. Apprenez que Cicéron dit qu'entre l'arbre et le doigt il ne faut point mettre l'écorce.

(Il donne des coups de bâtons à M. Robert; qui se sauve en courant.)

SCÈNE III.

MARTINE, SGANARELLE.

SGANARELLE, *revenant à Martine.*

Oh çà, faisons la paix nous deux. (*Lui présentant la main.*)
Touche-là.

MARTINE.

Oui, après m'avoir ainsi battue !

SGANARELLE.

Cela n'est rien. Touche.

MARTINE.

Je ne veux pas.

SGANARELLE.

Eh !

MARTINE.

Non.

SGANARELLE.

Ma petite femme.

MARTINE.

Point.

SGANARELLE.

Allons, te dis-je.

MARTINE.

Je n'en ferai rien.

SGANARELLE.

Viens, viens, viens.

MARTINE.

Non, je veux être en colère.

SGANARELLE.

Fi, c'est une bagatelle. Allons, allons.

MARTINE.

Laisse-moi là.

SGANARELLE.

Touche, te dis-je.

MARTINE.

Tu m'as trop maltraitée.

SGANARELLE.

Eh bien ! va, je te demande pardon ; mets-là ta main.

MARTINE.

Je te pardonne. (*A part.*) Mais tu le paieras.

SGANARELLE.

Tu es une folle de prendre garde à cela : ce sont petites

choses qui sont, de temps en temps, nécessaires dans l'amitié, et cinq ou six coups de bâton, entre gens qui s'aiment, ne font que ragaillardir l'affection. Va, je m'en vais au bois, et je te promets aujourd'hui plus d'un cent de fagots.

(Il s'en va.)

SCÈNE IV.

MARTINE, seule.

Va, quelque mine que je fasse, je n'oublierai pas mon ressentiment, et je brûle en moi-même de trouver les moyens de te punir des coups que tu me donnes. Je sais bien qu'une femme a toujours dans les mains de quoi se venger d'un mari ; mais c'est une punition trop délicate pour mon pendard. Je veux une vengeance qui se fasse un peu mieux sentir, et ce n'est pas contentement pour l'injure que j'ai reçue.

(Elle marche en rêvant.)

SCÈNE V.

MARTINE ; *VALÈRE et LUCAS* dans le fond du théâtre.

LUCAS.

Parguenne ! j'avons pris là tous deux une guebie de commission ; et je ne sais pas, moi, ce que je pensons attraper.

VALÈRE.

Que veux-tu, mon pauvre nourricier ? il faut bien obéir à notre maître ; et puis nous avons intérêt, l'un et l'autre, à la santé de sa fille, notre maîtresse ; et sans doute, son mariage, différé par sa maladie, nous vaudra quelque récompense. Horace, qui est libéral, a bonne part aux prétentions qu'on peut avoir sur sa personne ; et, quoiqu'elle ait fait voir de l'amitié pour un certain Léandre, tu sais que son père n'a jamais voulu consentir à le recevoir pour son gendre.

MARTINE, en rêvant, à elle-même.

Ne puis-je point trouver quelque invention pour me venger ?

LUCAS.

Mais quelle fantaisie s'est-il bouté là dans la tête, puisque les médecins y avont tous perdu leur latin ?

VALÈRE.

VALÈRE.

On trouve quelquefois, à force de chercher, ce qu'on ne
trouve pas d'abord ; et souvent, en de simples lieux....

MARTINE, à elle-même.

Oui, il faut que je m'en venge à quelque prix que ce soit.
Ces coups de bâton me reviennent au cœur ; je ne les saurais
digérer, et... (*Elle a dit ceci en rêvant, de sorte que, ne
prenant pas garde à Valère et à Lucas, elle les heurte en se
retournant, et leur dit :*) (1) Ah ! messieurs, je vous demande
pardon ; je ne vous voyais pas, et cherchais dans ma tête
quelque chose qui m'embarrasse.

VALÈRE.

Chacun a ses soins dans le monde ; et nous cherchons
aussi ce que nous voudrions bien trouver.

MARTINE.

Serait-ce quelque chose où je vous puisse aider ?

VALÈRE.

Cela se pourrait faire ; et nous tâchons de rencontrer quelque habile homme, quelque médecin particulier qui pût
donner quelque soulagement à la fille de notre maître, atta-
quée d'une maladie qui lui a ôté tout d'un coup l'usage de la
langue. Plusieurs médecins ont déjà épuisé toute leur science
après elle ; mais on trouve parfois des gens avec des secrets
admirables, de certains remèdes particuliers, qui font le plus
souvent ce que les autres n'ont su faire, et c'est là ce que
nous cherchons.

MARTINE, à part.

Ah ! que le ciel m'inspire une admirable invention pour
me venger de mon pendard ! (*Haut.*) Vous ne pouviez jamais vous mieux adresser pour rencontrer ce que vous cher-
chez ; et nous avons un homme, le plus merveilleux homme
du monde, pour les maladies désespérées.

VALÈRE.

Et, de grâce, où pouvons-nous le rencontrer ?

MARTINE.

Vous le trouverez maintenant vers ce petit lieu que voilà,
qui s'amuse à couper du bois.

____

(1) Valère, Martine, Lucas.

Le Médecin malgré lui.   2

LUCAS.

Un médecin qui coupe du bois!

VALÈRE.

Qui s'amuse à cueillir des simples, voulez-vous dire?

MARTINE.

Non. C'est un homme extraordinaire, qui se plaît à cela; fantasque, bizarre, quinteux, et que vous ne prendriez jamais pour ce qu'il est. Il va vêtu d'une façon extravagante, affecte quelquefois de paraître ignorant, tient sa science renfermée, et ne fuit rien tant, tous les jours, que d'exercer les merveilleux talens qu'il a eus du ciel pour la médecine.

VALÈRE.

C'est une chose admirable, que tous les grands hommes ont toujours du caprice, quelque petit grain de folie mêlé à leur science.

MARTINE.

La folie de celui-ci est plus grande qu'on ne peut croire; car elle va parfois jusqu'à vouloir être battu pour demeurer d'accord de sa capacité; et je vous donne avis que vous n'en viendrez pas à bout, qu'il n'avouera jamais qu'il est médecin, s'il se le met en fantaisie, que vous ne preniez chacun un bâton, et ne le réduisiez, à force de coups, à vous confesser à la fin, ce qu'il vous cachera d'abord. C'est ainsi que nous en usons quand nous avons besoin de lui.

VALÈRE.

Voilà une étrange folie!

MARTINE.

Il est vrai; mais, après cela, vous verrez qu'il fait des merveilles.

VALÈRE.

Comment s'appelle-t-il?

MARTINE.

Il s'appelle Sganarelle: mais il est aisé à connaître; c'est un homme qui a une large barbe noire, et qui porte une fraise, avec un habit jaune et vert.

LUCAS.

Un habit jaune et vert! C'est donc le médecin des perroquets?

VALÈRE.

Mais est-il bien vrai qu'il soit si habile que vous le dites?

MARTINE.

Comment ! c'est un homme qui fait des miracles. Il y a six mois qu'une femme fut abandonnée de tous les autres médecins ; on la tenait morte il y avait déjà six heures, et l'on se disposait à l'ensevelir, lorsqu'on y fit venir de force l'homme dont nous parlons. Il lui mit, l'ayant vue, une petite goutte de je ne sais quoi dans la bouche ; et, dans le même instant, elle se leva de son lit, et se mit aussitôt à se promener dans sa chambre comme si de rien n'eût été.

LUCAS.

Ah !

VALÈRE.

Il fallait que ce fût quelque goutte d'or potable.

MARTINE.

Cela pourrait bien être. Il n'y a pas trois semaines encore, qu'un jeune enfant de douze ans tomba du haut du clocher en bas, et se brisa, sur le pavé, la tête, les bras et les jambes. On n'y eut pas plus tôt amené notre homme, qu'il le frotta par tout le corps d'un certain onguent qu'il sait faire, et l'enfant aussitôt se leva sur ses pieds, et courut jouer à la fossette.

LUCAS.

Ah !

VALÈRE.

Il faut que cet homme-là ait la médecine universelle.

MARTINE.

Qui en doute ?

LUCAS, à Valère.

Testegué ! velà justement l'homme qu'il nous faut : allons vite le chercher.

VALÈRE, à Martine.

Nous vous remercions du plaisir que vous nous faites.

MARTINE.

Mais souvenez-vous bien au moins de l'avertissement que je vous ai donné.

LUCAS.

Eh ! morguenne, laissez-nous faire ; s'il ne tient qu'à battre, la vache est à nous.

(MARTINE s'en va.)

SCÈNE VI.

VALÈRE, LUCAS.

VALÈRE.

Nous sommes bienheureux d'avoir fait cette rencontre ;
et j'en conçois pour moi la meilleure espérance du monde.

SCÈNE VII.

VALÈRE, LUCAS, *SGANARELLE.*

SGANARELLE chantant, avant d'entrer.

La, la, la.

VALÈRE, à Lucas.

J'entends quelqu'un qui chante, et qui coupe du bois.

SGANARELLE entre, tenant une bouteille, et chantant.

La, la, la... (*Parlant.*) Ma foi ! c'est assez travaillé pour
boire un coup ; prenons un peu d'haleine. (*Il boit, et dit,
après avoir bu :*) Voilà du bois qui est salé comme tous
les diables.

(Il chante :)

Qu'ils sont doux,
Bouteille jolie,
Qu'ils sont doux
Vos petits glougloux !
Mais mon sort ferait bien des jaloux,
Si vous étiez toujours remplie !
Ah ! bouteille ma mie,
Pourquoi vous videz-vous ?

Allons, morbleu ! il ne faut point engendrer de mélancolie.

VALÈRE, à Lucas.

Le voilà lui-même.

LUCAS, à Valère.

Je pense que vous dites vrai, et que j'avons bouté le nez
dessus.

VALÈRE, à Lucas.

Voyons de près.

(Ils s'approchent de Sganarelle.)

SGANARELLE.

Ah ! ma petite friponne, que je t'aime ! mon petit bou-
chon ! (*Il aperçoit Valère et Lucas, les regarde, en se tournant vers l'un et puis vers l'autre ; et, abaissant sa voix, il*

chante) : Mon sort ... ferait... bien des.... jaloux , si... (*Se parlant à lui-même.*) Que diable ! à qui en veulent ces gens-là ?

VALÈRE, à Lucas.

C'est lui assurément.

LUCAS, à Valère.

Le velà tout craché comme on nous l'a figuré.

(SGANARELLE pose sa bouteille à terre; (1) et , Valère se baissant pour le saluer, comme il croit que c'est à dessein de la prendre , il la met de l'autre côté; ensuite de quoi , Lucas faisant la même chose, il la reprend , et la tient contre son estomac, avec divers gestes, qui font un grand jeu de théâtre.)

SGANARELLE, à part.

Ils consultent en me regardant. Quel dessein auraient-ils ?

VALÈRE.

Monsieur, n'est-ce pas vous qui vous appelez Sganarelle ?

SGANARELLE.

Eh ! Quoi ?

VALÈRE.

Je vous demande si ce n'est pas vous qui se nomme Sganarelle ?

SGANARELLE, se tournant vers Valère; puis vers Lucas.

Oui et non , selon ce que vous lui voulez.

VALÈRE.

Nous ne voulons que lui faire toutes les civilités que nous pourrons.

SGANARELLE.

En ce cas, c'est moi qui se nomme Sganarelle.

VALÈRE.

Monsieur, nous sommes ravis de vous voir. On nous a adressés à vous pour ce que nous cherchons; et nous venons implorer votre aide, dont nous avons besoin.

SGANARELLE.

Si c'est quelque chose, messieurs, qui dépende de mon petit négoce, je suis tout prêt à vous rendre service.

VALÈRE.

Monsieur, c'est trop de grâce que vous nous faites. Mais, monsieur, couvrez-vous, s'il vous plaît ; le soleil pourrait vous incommoder.

LUCAS.

Monsieu, boutez dessus.

(1) Valère, Sganarelle, Lucas.

SGANARELLE, à part.

Voici des gens bien pleins de cérémonie.

VALÈRE.

Monsieur, il ne faut pas trouver étrange que nous venions à vous : les habiles gens sont toujours recherchés, et nous sommes instruits de votre capacité.

SGANARELLE.

Il est vrai, messieurs, que je suis le premier homme du monde pour faire des fagots.

VALÈRE.

Ah ! monsieur....

SGANARELLE.

Je n'y épargne aucune chose, et les fais d'une façon qu'il n'y a rien à dire.

VALÈRE.

Monsieur, ce n'est pas cela dont il est question.

SGANARELLE.

Mais aussi je les vends cent dix sols le cent.

VALÈRE.

Ne parlons point de cela, s'il vous plaît.

SGANARELLE.

Je vous promets que je ne saurais les donner à moins.

VALÈRE.

Monsieur, nous savons les choses.

SGANARELLE.

Si vous savez les choses, vous savez que je les vends cela.

VALÈRE.

Monsieur, c'est se moquer, que....

SGANARELLE.

Je ne me moque point, je n'en puis rien rabattre.

VALÈRE.

Parlons d'autre façon, de grâce.

SGANARELLE.

Vous en pourrez trouver autre part à moins ; il y a fagots et fagots, mais pour ceux que je fais...

VALÈRE.

Eh ! monsieur, laissons-là ce discours.

SGANARELLE.

Je vous jure que vous ne les auriez pas, s'il s'en fallait un double.

VALÈRE.

Eh! fi.

SGANARELLE.

Non, en conscience, vous en payerez cela. Je vous parle
sincèrement, et ne suis pas homme à surfaire.

VALÈRE.

Faut-il, monsieur, qu'une personne comme vous s'amuse
à ces grossières feintes? s'abaisse à parler de la sorte? qu'un
homme si savant, un fameux médecin comme vous êtes,
veuille se déguiser aux yeux du monde, et tenir enterrés les
beaux talens qu'il a?

SGANARELLE, à part.

Il est fou.

VALÈRE.

De grâce, monsieur, ne dissimulez point avec nous.

SGANARELLE.

Comment?

LUCAS.

Tout ce tripotage ne fait de rian; je savons ce que je savons.

SGANARELLE.

Quoi donc? Que voulez-vous dire? Pour qui me prenez-
vous?

VALÈRE.

Pour ce que vous êtes, pour un grand médecin.

SGANARELLE.

Médecin vous-même; je ne le suis point, et ne l'ai jamais été.

VALÈRE, bas, à Lucas.

Voilà sa folie qui le tient. (*Haut, à Sganarelle.*) Monsieur, ne veuillez point nier les choses davantage; et n'en
venons point, s'il vous plaît, à de fâcheuses extrémités.

SGANARELLE.

A quoi donc?

VALÈRE.

A de certaines choses dont nous serions marris.

SGANARELLE.

Parbleu! venez-en à tout ce qu'il vous plaira: je ne suis
point médecin, et ne sais ce que vous me voulez dire.

VALÈRE, bas, à Lucas.

Je vois bien qu'il se faut servir du remède. (*Haut, à Sganarelle.*) Monsieur, encore un coup, je vous prie d'avouer
ce que vous êtes.

LUCAS.

Eh, testegué! ne lantiponez pas davantage, et confessez à
la franquette que vs'êtes médecin.

SGANARELLE.

J'enrage.

VALÈRE.

A quoi bon nier ce qu'on sait?

LUCAS.

Pourquoi toutes ces fraimes-là? à quoi est-ce que ça vous
sert?

SGANARELLE.

Messieurs, en un mot, autant qu'en deux mille, je vous
dis que je ne suis point médecin.

VALÈRE.

Vous n'êtes point médecin?

SGANARELLE.

Non.

LUCAS.

V'n'êtes pas médecin?

SGANARELLE.

Non, vous dis-je.

VALÈRE.

Puisque vous le voulez, il faut donc s'y résoudre.

(VALÈRE et LUCAS prennent chacun un bâton, et frappent Sganarelle.)

SGANARELLE, en criant.

Ah! ah! ah! messieurs, je suis tout ce qu'il vous plaira.

VALÈRE.

Pourquoi, monsieur, nous obligez-vous à cette violence?

LUCAS.

A quoi bon nous bailler la peine de vous battre?

VALÈRE.

Je vous assure que j'en ai tous les regrets du monde.

LUCAS.

Par ma figué, j'en sis fâché franchement.

SGANARELLE.

Que diable est-ceci, messieurs? De grâce, est-ce pour
rire, ou si tous deux vous extravaguez, de vouloir que je
sois médecin?

VALÈRE.

Quoi! vous ne vous rendez pas encore, et vous vous dé-
fendez d'être médecin?

SGANARELLE

SGANARELLE.

Diable emporte si je le suis.

LUCAS.

Il n'est pas vrai qu'vous sayez médecin?

SGANARELLE.

Non, la peste m'étouffe.

(VALÈRE et LUCAS recommencent à frapper Sganarelle.)

SGANARELLE, en criant.

Ah! ah! ah! Eh bien! messieurs, oui, puisque vous le voulez, je suis médecin, je suis médecin; apothicaire encore, si vous le trouvez bon. J'aime mieux consentir à tout, que de me faire assommer.

VALÈRE.

Ah! voilà qui va bien; monsieur, je suis ravi de vous voir raisonnable.

LUCAS.

Vous me boutez la joie au cœur, quand je vous vois parler comme çà.

VALÈRE.

Je vous demande pardon de toute mon âme.

LUCAS.

Je vous demandons excuse de la liberté que j'avons prise.

SGANARELLE, à part.

Ouais! serait-ce bien moi qui me tromperais, et serais-je devenu médecin sans m'en être aperçu?

VALÈRE.

Monsieur, vous ne vous repentirez pas de nous montrer ce que vous êtes, et vous verrez assurément que vous en serez satisfait.

SGANARELLE.

Mais, messieurs, dites-moi, ne vous trompez-vous point vous-mêmes? Est-il bien assuré que je sois médecin?

LUCAS.

Oui, par ma figué.

SGANARELLE.

Tout de bon?

VALÈRE.

Sans doute.

SGANARELLE.

Diable emporte si je le savais.

VALÈRE.

Comment! vous êtes le plus habile médecin du monde.

Le Médecin malgré lui.   3

SGANARELLE.

Ah! ah!

LUCAS.

Un médecin qui a guéri je ne sais combien de maladies.

SGANARELLE.

Tudieu!

VALÈRE.

Une femme était tenue pour morte il y avait six heures; elle était prête à ensevelir, lorsqu'avec une goutte de quelque chose, vous la fîtes revenir, et marcher d'abord par la chambre.

SGANARELLE.

Peste!

LUCAS.

Un petit enfant de douze ans se laissit choir du haut d'un clocher, de quoi il eût la tête, les jambes et les bras cassés; et vous, avec je ne sais quel onguent, vous fîtes qu'aussitôt il se relevit sur ses pieds, et s'en fut jouer à la fossette.

SGANARELLE.

Diantre!

VALÈRE.

Enfin, monsieur, vous aurez contentement avec nous; et vous gagnerez ce que vous voudrez, en vous laissant conduire où nous prétendons vous mener.

SGANARELLE.

Je gagnerai ce que je voudrai?

VALÈRE.

Oui.

SGANARELLE.

Ah! je suis médecin sans contredit. Je l'avais oublié, mais je m'en souviens. De quoi est-il question? Où faut-il se transporter?

VALÈRE.

Nous vous conduirons. Il est question d'aller voir une fille qui a perdu la parole.

SGANARELLE.

Ma foi, je ne l'ai pas trouvée.

VALÈRE, à Lucas.

Il aime à rire. (*A Sganarelle.*) Allons, monsieur.

SGANARELLE.

Sans une robe de médecin?

VALÈRE.

Nous en prendons une.

SGANARELLE présentant sa bouteille à Valère.

Tenez cela, vous ; voilà où je mets mes juleps. (*Puis se tournant vers Lucas, en crachant.*) Vous, marchez là-dessus, par ordonnance du médecin.

(Ils s'en va.)

LUCAS, à Valère.

Palsanguenne ! velà un médecin qui me plaît. Je pense qu'il réussira, car il est bouffou.

(VALÈRE et LUCAS suivent Sganarelle.)

FIN DU PREMIER ACTE.

ACTE DEUXIÈME.

SCÈNE I.

JACQUELINE, LUCAS, GÉRONTE, VALÈRE.

VALÈRE.

Oui, monsieur, je crois que vous serez satisfait; et nous vous avons amené le plus grand médecin du monde.

LUCAS.

Oh! morguenne, il faut tirer l'échelle après celi-là; et tous les autres ne sont pas daignes de li déchausser ses souilliers.

VALÈRE.

C'est un homme qui a fait des cures merveilleuses.

LUCAS.

Qui a gari des gens qui étiant morts.

VALÈRE.

Il est un peu capricieux, comme je vous ai dit; et parfois il a des momens où son esprit s'échappe, et ne paraît pas ce qu'il est.

LUCAS.

Oui, il aime à bouffonner; et l'an dirait parfois, ne vs'en déplaise, qu'il a quelque petit coup de hache à la tête.

VALÈRE.

Mais, dans le fond, il est toute science; et, bien souvent, il dit des choses tout-à-fait relevées.

LUCAS.

Quand il s'y boute, il parle tout fin drait comme s'il lisait dans un livre.

VALÈRE.

Sa réputation s'est déjà répandue ici, et tout le monde vient à lui.

GÉRONTE.

Je meurs d'envie de le voir. Faites-le moi vite venir.

VALÈRE.

Je le vais quérir.

(Il s'en va.)

SCÈNE II.

JACQUELINE, GÉRONTE, LUCAS.

JACQUELINE.

Par ma fi, monsieu, celi-ci fera justement ce qu'ant fait les autres. Je pense que ce sera queussi queumi ; et la meilleure médeçaine que l'an pourrait bailler à votre fille, ce serait, selon moi, un biau et bon mari pour qui elle eut de l'amiqué.

GÉRONTE.

Ouais ! nourrice, ma mie, vous vous mêlez de bien des choses.

LUCAS.

Taisez-vous, notre ménagère Jaquelaine ; ce n'est pas à vous à bouter là votte nez.

JACQUELINE.

Je vous dis et vous douze, que tous ces médecins n'y feront rian que de l'iau claire ; que votre fille a besoin d'autre choses que de ribarbe et de séné, et qu'un mari est une emplâtre qui garit tous les maux des filles.

GÉRONTE.

Est-elle en état maintenant qu'on s'en voulût charger avec l'infirmité qu'elle a ? Et, lorsque j'ai été dans le dessein de la marier, ne s'est-elle pas opposée à mes volontés ?

JACQUELINE.

Je le crois bian, vous li vouilliez bailler un homme qu'alle n'aime point. Que ne preniais-vous ce monsieur Liandre qui li touchait au cœur ? elle aurait été fort obéissante ; et je m'en vas gager qu'il la prendrait, li, comme alle est, si vous la li vouilliais donner.

GÉRONTE.

Ce Léandre n'est pas ce qu'il lui faut ; il n'a pas du bien comme l'autre.

JACQUELINE.

Il y a eun oncle qui est si riche, dont il est hériquié.

GÉRONTE.

Tous ces biens à venir me semblent autant de chansons. Il

n'est rien que ce qu'on tient; et l'on court grand risque de s'abuser, lorsque l'on compte sur le bien qu'un autre vous garde. La mort n'a pas toujours les oreilles ouvertes aux vœux et aux prières de messieurs les héritiers; et l'on a le temps d'avoir les dents longues, lorsqu'on attend pour vivre le trépas de quelqu'un.

JACQUELINE.

Enfin, j'ai toujours ouï dire, qu'en mariage, comme ailleurs, contentement passe richesse. Les pères et les mères ant cette maudite couteume, de demander toujours : Qu'a-t-il et qu'a-t-elle? Et le compère Piarre a marié sa fille Simonette au gros Thomas, pour un quarquié de vaigne qu'il avait davantage que le jeune Robin où alle avait bouté son amiquié; et velà que la pauvre créyature en est devenue jaune comme eun coing, et n'a point profité tout depuis ce temps-là. C'est un bel exemple pour vous, Monsieur. On n'a que son plaisir en ce monde; et j'aimerais mieux bailler à ma fille un bon mari qui lui fût agréable, que toutes les rentes de la Biausse.

GÉRONTE.

Peste! Madame la nourrice, comme vous dégoisez! Taisez-vous, je vous prie; vous prenez trop de soin, et vous échauffez votre lait.

(1) LUCAS.

Morgué! tais-toi; t'es une impertinente. (*A chacune des phrases qu'il dit, il frappe sur la poitrine de Géronte.*) Monsieu n'a que faire de tes discours, et il sait ce qu'il a à faire. Mêle-toi de donner à téter à ton enfant, sans tant faire la raisonneuse. Monsieu est le père de sa fille; et il est bon et sage, pour voir ce qu'il y faut.

GÉRONTE.

Tout doux; oh! tout doux.

LUCAS.

Monsieu, je veux un peu la mortifier, et li apprendre le respect qu'alle vous doit.

GÉRONTE.

Oui; mais ces gestes ne sont pas nécessaires.

(1) Jacqueline, Lucas, Géronte.

SCÈNE III.

JACQUELINE, LUCAS, GÉRONTE; VALÈRE, *en-*
trant un peu avant Sganarelle; SGANARELLE, en
robe de médecin, avec un chapeau des plus pointus.

VALÈRE.

Monsieur, préparez-vous, voici notre médecin qui entre.

(1) GÉRONTE, à Sganarelle.

Monsieur, je suis ravi de vous voir chez moi, et nous
avons grand besoin de vous.

SGANARELLE

Hippocrate dit... que nous nous couvrions tous deux.

GÉRONTE.

Hippocrate dit cela ?

SGANARELLE.

Oui.

GÉRONTE.

Dans quel chapitre, s'il vous plaît ?

SGANARELLE.

Dans son chapitre... des chapeaux.

GÉRONTE.

Puisqu'Hippocrate le dit, il le faut faire.

SGANARELLE.

Monsieur le médecin, ayant appris les merveilleuses
choses...

GÉRONTE.

A qui parlez-vous, de grâce?

SGANARELLE.

A vous.

GÉRONTE.

Je ne suis pas médecin.

SGANARELLE.

Vous n'êtes pas médecin ?

GÉRONTE.

Non vraiment.

SGANARELLE,

Tout de bon ?

GÉRONTE.

Tout de bon.

(SGANARELLE prend un bâton, et bat Géronte comme on l'a battu.)

(1) Jacqueline, Lucas, Sganarelle, Géronte, Valère.

GÉRONTE, en criant.

Ah ! ah ! ah !

SGANARELLE.

Vous êtes médecin maintenant ; je n'ai jamais eu d'autres licences.

(1) GÉRONTE, à Valère et à Lucas.

Quel diable d'homme m'avez-vous là amené ?

VALÈRE.

Je vous ai bien dit que c'était un médecin goguenard.

GÉRONTE.

Oui ; mais je l'enverrais promener avec ses goguenarderies.

LUCAS.

Ne prenez pas garde à ça, monsieu, ce n'est que pour rire.

GÉRONTE.

Cette raillerie ne me plaît pas.

(2) SGANARELLE.

Monsieur, je vous demande pardon de la liberté que j'ai prise.

GÉRONTE.

Monsieur, je suis votre serviteur.

SGANARELLE.

Je suis fâché...

GÉRONTE.

Cela n'est rien.

SGANARELLE.

Des coups de bâtons...

GÉRONTE.

Il n'y a pas de mal.

SGANARELLE.

Que j'ai eu l'honneur de vous donner.

GÉRONTE.

Ne parlons plus de cela. Monsieur, j'ai une fille qui est tombée dans une étrange maladie.

SGANARELLE.

Je suis ravi, monsieur, que votre fille ait besoin de moi ; et je souhaiterais, de tout mon cœur, que vous en eussiez besoin aussi, vous et toute votre famille, pour vous témoigner l'envie que j'ai de vous servir.

GÉRONTE.

Je vous suis obligé de ces sentimens.

(1) Jacqueline, Sganarelle, Valère, Géronte, Lucas.
(2) Jacqueline, Valère, Sganarelle, Géronte, Lucas.

SGANARELLE.

Je vous assure que c'est du meilleur de mon âme que je vous parle.

GÉRONTE.

C'est trop d'honneur que vous me faites.

SGANARELLE.

Comment s'appelle votre fille?

GÉRONTE.

Lucinde.

SGANARELLE.

Lucinde! Ah! beau nom à médicamenter! Lucinde!

GÉRONTE.

Je m'en vais voir un peu ce qu'elle fait.

SGANARELLE, en montrant Jacqueline.

Qui est cette grande femme-là?

GÉRONTE.

C'est la nourrice d'un petit enfant que j'ai.

SGANARELLE.

Peste! le joli meuble que voilà!

(GÉRONTE s'en va.)

SCÈNE IV.

JACQUELINE, SGANARELLE, LUCAS.

SGANARELLE.

Ah! nourrice! charmante nourrice, ma médecine est la très-humble esclave de votre nourricerie; et je voudrais bien être le petit poupon fortuné qui tétât le lait de vos bonnes grâces. (*Il lui porte la main sur le sein.*) Tous mes remèdes, toute ma science, toute ma capacité est à votre service, et....

(1) LUCAS, se plaçant entre sa femme et Sganarelle.

Avec votre parmission, monsieu le médecin, laissey là ma femme, je vous prie.

SGANARELLE.

Quoi! est-elle votre femme?

LUCAS.

Oui.

(1) Jacqueline, Lucas, Sganarelle.

Le Médecin malgré lui. 4

SGANARELLE.

Ah! vraiment, je ne savais pas cela ; et je m'en réjouis pour l'amour de l'un et de l'autre.

(Il fait semblant de vouloir embrasser Lucas ; et , passant dessous ses bras, il embrasse Jacqueline.)

LUCAS, en le tirant, et le faisant placer à sa gauche (1).

Tout doucement, s'il vous plaît.

SGANARELLE.

Je vous assure que je suis ravi que vous soyez unis ensemble. Je la félicite d'avoir un mari comme vous ; et je vous félicite, vous, d'avoir une femme si belle, si sage, et si bien faite comme elle est.

(Il fait encore semblant d'embrasser Lucas ; et , passant dessous ses bras, se jette au col de sa femme.)

LUCAS, en le tirant encore, et le replaçant à sa gauche.

Eh ! testigué, point tant de complimens, je vous supplie.

SGANARELLE.

Ne voulez-vous pas que je me réjouisse avec vous d'un si bel assemblage ?

LUCAS.

Avec moi tant qu'il vous plaira ; mais avec ma femme, trêve de sarimonie.

SGANARELLE.

Je prends part également au bonheur de tous deux ; et si je vous embrasse pour vous témoigner ma joie, je l'embrasse de même pour lui en témoigner aussi.

(Il continue le même jeu.)

LUCAS , en le tirant derechef.

Ah ! vartigué, monsieu le médecin , que de lantiponages !

SCÈNE V.

JACQUELINE , LUCAS, SGANARELLE , GÉRONTE.

GÉRONTE, à Sganarelle.

Monsieur, voici tout à l'heure ma fille qu'on va vous amener.

SGANARELLE.

Je l'attends, monsieur, avec toute la médecine.

GÉRONTE.

Où est-elle ?

(1) Jacqueline, Lucas, Sganarelle.

SGANARELLE *se touchant le front.*

Là dedans.

GÉRONTE.

Fort bien.

SGANARELLE.

Mais, comme je m'intéresse à toute votre famille, il faut que j'essaie un peu le lait de votre nourrice, et que je visite son sein.

(*Il passe vers Jacqueline, et veut lui toucher les tétons.*)

LUCAS, *le tirant, et lui faisant faire la pirouette.*

Nanain, nanain, je n'avons que faire de çà.

SGANARELLE.

C'est l'office du médecin, de voir les tétons des nourrices.

LUCAS.

Il gnia office qui quienne; je sis votre sarviteur.

SGANARELLE.

As-tu bien la hardiesse de t'opposer au médecin? Hors de là.

LUCAS.

Je me moque de çà.

SGANARELLE, *en le regardant de travers.*

Je te donnerai la fièvre.

JACQUELINE *prenant Lucas par le bras, et lui faisant aussi faire la pirouette* (1).

Ote-toi de là aussi. Est-ce que je ne sis pas assez grande pour me défendre moi-même, s'il me fait quelque chose qui ne soit pas à faire?

LUCAS.

Je ne veux pas qu'il te tâte, moi.

SGANARELLE.

Fi! le vilain, qui est jaloux de sa femme.

SCÈNE VI.

JACQUELINE, LUCAS; LUCINDE, *conduite par* VALÈRE; SGANARELLE, GÉRONTE.

GÉRONTE.

Voici ma fille.

SGANARELLE.

Est-ce là la malade?

(1) Lucas, Jacqueline, Sganarelle, Géronte.

GÉRONTE.

Oui. Je n'ai qu'elle de fille , et j'aurais tous les regrets du monde si elle venait à mourir.

SGANARELLE.

Qu'elle s'en garde bien; il ne faut pas qu'elle meure sans l'ordonnance du médecin.

GÉRONTE, à ses gens.

Allons , des siéges.

(VALÈRE, LUCAS et JACQUELINE donnent des siéges à Géronte et à Lucinde et un grand fauteuil à Sganarelle qui s'asseoient) (1).

SGANARELLE.

Voilà une malade qui n'est pas tant dégoûtante ; et je tiens qu'un homme bien sain s'en accommoderait assez.

(LUCINDE sourit.)

GÉRONTE.

Vous l'avez fait rire , monsieur.

SGANARELLE.

Tant mieux : lorsque le médecin fait rire le malade , c'est le meilleur signe du monde. (*A Lucinde.*) Eh bien! de quoi est-il question? qu'avez-vous? quel est le mal que vous sentez?

LUCINDE répond par signes, en portant sa main à sa bouche, à sa tête, et sous son menton.

Han, hi, hon, han.

SGANARELLE.

Eh! que dites-vous ?

LUCINDE continuant les mêmes gestes!

Han, hi, hon, han, han, hi, hon.

SGANARELLE.

Quoi ?

LUCINDE, de même.

Han, hi, hon.

SGANARELLE la contrefaisant.

Han, hi, hon, han, hi... Je ne vous entends point. Quel diable de langage est-ce là ?

GÉRONTE.

Monsieur, c'est là sa maladie : elle est devenue muette, sans que jusques ici on en ait pu savoir la cause ; et c'est un accident qui a fait reculer son mariage.

(1) Lucinde, Sganarelle et Géronte assis. *Lucas, Jacqueline et Valère* debout, derrière les personnes assises.

SGANARELLE.

Et pourquoi ?

GÉRONTE.

Celui qu'elle doit épouser, veut attendre sa guérison pour conclure les choses.

SGANARELLE.

Et qui est ce sot-là, qui ne veut pas que sa femme soit muette? Plût à Dieu que la mienne eût cette maladie ; je me garderais bien de la vouloir guérir.

GÉRONTE.

Enfin, monsieur, nous vous prions d'employer tous vos soins, pour la soulager de son mal.

SGANARELLE.

Ah ! ne vous mettez pas en peine. Dites-moi un peu : ce mal l'oppresse-t-il beaucoup ?

GÉRONTE.

Oui, Monsieur.

SGANARELLE.

Tant mieux. Sent-elle de grandes douleurs ?

GÉRONTE.

Fort grandes.

SGANARELLE.

C'est fort bien fait. Va-t-elle où vous savez ?

GÉRONTE.

Oui.

SGANARELLE.

Copieusement ?

GÉRONTE.

Je n'entends rien à cela.

SGANARELLE.

La matière est-elle louable ?

GÉRONTE.

Je ne me connais pas à ces choses.

SGANARELLE *se tournant vers la malade.*

Donnez-moi votre bras. (*Il lui tâte le pouls.*) (*A Géronte.*) Voilà un pouls qui marque que votre fille est muette.

GÉRONTE.

Eh ! oui, monsieur, c'est là son mal ; vous l'avez trouvé tout du premier coup.

SGANARELLE.

Ah ! ah !

JACQUELINE.

Voyez comme il a deviné sa maladie!

SGANARELLE.

Nous autres grands médecins, nous connaissons d'abord les choses. Un ignorant aurait été embarrassé, et vous eût été dire : C'est ceci, c'est cela : mais moi, je touche au but du premier coup, et je vous apprends que votre fille est muette.

GÉRONTE.

Oui : mais je voudrais bien que vous pussiez dire d'où cela vient.

SGANARELLE.

Il n'est rien de plus aisé. Cela vient de ce qu'elle a perdu la parole.

GÉRONTE.

Fort bien : mais la cause, s'il vous plaît, qui fait qu'elle a perdu la parole?

SGANARELLE.

Tous nos meilleurs auteurs vous diront que c'est l'empêchement de l'action de sa langue.

GÉRONTE.

Mais encore, vos sentimens sur cet empêchement de l'action de sa langue?

SGANARELLE.

Aristote là-dessus dit.... de fort belles choses.

GÉRONTE.

Je le crois.

SGANARELLE.

Ah! c'était un grand homme!

GÉRONTE.

Sans doute.

SGANARELLE.

Grand homme tout-à-fait : un homme qui était plus grand que moi de tout cela (*levant son bras depuis le coude*). Pour revenir donc à notre raisonnement, je tiens que cet empêchement de l'action de sa langue est causé par de certaines humeurs, qu'entre nous autres savans, nous appelons humeurs peccantes : peccantes, c'est-à-dire... humeurs peccantes. D'autant que les vapeurs formées par les exhalaisons des influences, qui s'élèvent dans la région des maladies, venant.... pour ainsi dire.... à..... Entendez-vous le latin?

ACTE II, SCÈNE VI.

GÉRONTE.

En aucune façon.

SGANARELLE se levant avec étonnement.

Vous n'entendez point le latin !

GÉRONTE.

Non.

SGANARELLE, en faisant diverses plaisantes postures.

Cabricias arci thuram, cathalamus, singulariter. Nominativo : hæc musa, la muse; bonus, bona, bonum. Deus sanctus est ne oratio latinas? Etiam, oui. Quare? pourquoi? Quia substantivo et adjectivum concordat in generi, numerum, et casus.

(En se jetant vivement dans son fauteuil, il tombe à la renverse ; VALÈRE et LUCAS l'aident à se relever ainsi que son fauteuil dans lequel ils le replacent.)

GÉRONTE.

Ah ! que n'ai-je étudié !

JACQUELINE.

L'habile homme que vela !

LUCAS.

Oui ; ça est si biau, que je n'y entends goutte.

SGANARELLE.

Or, ces vapeurs, dont je vous parle, venant à passer du côté gauche où est le foie, au côté droit où est le cœur, il se trouve que le poumon, que nous appelons en latin, *armyan*, ayant communication avec le cerveau, que nous nommons en grec, *nasmus*, par le moyen de la veine cave, que nous appelons en hébreu, *cubile*, rencontre en son chemin lesdites vapeurs qui remplissent les ventricules de l'omoplate ; et, parce que lesdites vapeurs.... Comprenez bien ce raisonnement, je vous prie. Et, parce que lesdites vapeurs ont certaine malignité.... Écoutez bien ceci, je vous conjure.

GÉRONTE.

Oui.

SGANARELLE.

Ont une certaine malignité qui est causée.... Soyez attentif, s'il vous plaît.

GÉRONTE.

Je le suis.

SGANARELLE.

Qui est causée par l'âcreté des humeurs engendrées dans la concavité du diaphragme ; il arrive que ces vapeurs.... Ossabandus, nequeis, nequer, potarium, quipsa milus. Voilà justement ce qui fait que votre fille est muette.

JACQUELINE, à Lucas.

Ah ! que çà est bian dit, notre homme !

LUCAS.

Que n'ai-je la langue aussi bian pendue !

GÉRONTE.

On ne peut pas mieux raisonner sans doute. Il n'y a qu'une seule chose qui m'a choqué : c'est l'endroit du foie et du cœur. Il me semble que vous les placez autrement qu'ils ne sont ; que le cœur est du côté gauche, et le foie du côté droit.

SGANARELLE.

Oui, cela était autrefois ainsi ; mais nous avons changé tout cela, et nous faisons maintenant la médecine d'une méthode toute nouvelle.

GÉRONTE.

C'est ce que je ne savais pas ; et je vous demande pardon de mon ignorance.

SGANARELLE.

Il n'y a point de mal ; et vous n'êtes pas obligé d'être aussi habile que nous.

GÉRONTE.

Assurément. Mais, monsieur, que croyez-vous qu'il faille faire à cette maladie ?

SGANARELLE.

Ce que je crois qu'il faille faire ?

GÉRONTE.

Oui.

SGANARELLE.

Mon avis est qu'on la remette sur son lit ; et qu'on lui fasse prendre, pour remède, quantité de pain trempé dans du vin.

GÉRONTE.

Pourquoi cela, monsieur ?

SGANARELLE.

Parce qu'il y a dans le vin et le pain mêlés ensemble, une vertu simpathique qui fait parler. Ne voyez-vous pas bien qu'on ne donne autre chose aux perroquets, et qu'ils apprennent à parler en mangeant de cela ?

GÉRONTE.

Cela est vrai. Ah ! le grand homme ! (*Tous se lèvent :*

LUCAS

Lucas *et* Jacqueline *retirent les siéges.*) Vite , quantité de pain et du vin.

(Lucinde s'en va ; Valère lui donne la main, et Lucas les suit.)

SCÈNE VII.

JACQUELINE, SGANARELLE, GÉRONTE.

SGANARELLE.

Je reviendrai voir sur le soir en quel état elle sera. (*A la nourrice qui va pour s'en aller.*) Doucement, vous. (*A Géronte.*) Monsieur, voilà une nourrice à laquelle il faut que je fasse quelques petits remèdes.

JACQUELINE.

Qui , moi ? je me porte le mieux du monde.

SGANARELLE.

Tant pis , nourrice, tant pis. Cette grande santé est à craindre ; et il ne sera pas mauvais de vous faire quelque petite saignée amiable , de vous donner quelque petit clystère dulcifiant.

GÉRONTE.

Mais, monsieur, voilà une mode que je ne comprends point. Pourquoi s'aller faire saigner , quand on n'a point de maladie ?

SGANARELLE.

Il n'importe , la mode en est salutaire ; et , comme on boit pour la soif à venir, il faut se faire aussi saigner pour la maladie à venir.

JACQUELINE, en s'en allant.

Ma fi ! je me moque de ça ; et je ne veux point faire de mon corps une boutique d'apothicaire.

SGANARELLE.

Vous êtes rétive aux remèdes ; mais nous saurons vous soumettre à la raison.

SCÈNE VIII.

SGANARELLE, GÉRONTE.

SGANARELLE.

Je vous donne le bonjour.

GÉRONTE.

Attendez un peu, s'il vous plaît.

SGANARELLE.

Que voulez-vous faire ?

GÉRONTE, fouillant dans sa poche.

Vous donner de l'argent, monsieur.

SGANARELLE, tendant sa main derrière, par dessous sa robe, et marchant, tandis que Géronte ouvre sa bourse, et le suit.

Je n'en prendrai pas, monsieur.

GÉRONTE.

Monsieur.

SGANARELLE.

Point du tout.

GÉRONTE.

Un petit moment.

SGANARELLE.

En aucune façon.

GÉRONTE.

De grâce.

SGANARELLE.

Vous vous moquez.

GÉRONTE.

Voilà qui est fait.

SGANARELLE.

Je n'en ferai rien.

GÉRONTE.

Eh !

SGANARELLE.

Ce n'est pas l'argent qui me fait agir.

GÉRONTE.

Je le crois.

SGANARELLE, après avoir pris l'argent.

Cela est-il de poids ?

GÉRONTE.

Oui, monsieur.

SGANARELLE.

Je ne suis pas un médecin mercenaire.

GÉRONTE.

Je le sais bien.

SGANARELLE.

L'intérêt ne me gouverne point.

GÉRONTE.

Je n'ai pas cette pensée.

(Il s'en va.)

SCÈNE IX.

SGANARELLE ; *LÉANDRE*, *regardant s'il n'est point observé.*

SGANARELLE regardant son argent.

Ma foi ! cela ne va pas mal ; et pourvu que...

LÉANDRE, s'approchant vivement.

Monsieur, il y a long-temps que je vous attends, et je viens implorer votre assistance.

SGANARELLE, lui prenant le poignet, et lui tâtant le pouls.

Voilà un pouls qui est fort mauvais.

LÉANDRE.

Je ne suis point malade, monsieur ; et ce n'est pas pour cela que je viens à vous.

SGANARELLE.

Si vous n'êtes pas malade, que diable ne le dites-vous donc ?

LÉANDRE.

Non. Pour vous dire la chose en deux mots, je m'appelle Léandre, qui suis amoureux de Lucinde que vous venez de visiter ; et, comme par la mauvaise humeur de son père, toute sorte d'accès m'est fermé auprès d'elle, je me hasarde à vous prier de vouloir servir mon amour, et de me donner lieu d'exécuter un stratagème que j'ai trouvé pour lui pouvoir dire deux mots, d'où dépendent absolument mon bonheur et ma vie.

SGANARELLE , *paraissant en colère.*

Pour qui me prenez-vous ? Comment! oser vous adresser à moi pour vous servir dans votre amour , et vouloir ravaler la dignité de médecin à des emplois de cette nature !

LÉANDRE.

Monsieur , ne faites point de bruit.

SGANARELLE, *en le faisant reculer , et allant et venant.*

J'en veux faire , moi ; vous êtes un impertinent.

LÉANDRE.

Eh ! monsieur , doucement.

SGANARELLE.

Un malavisé.

LÉANDRE.

De grâce.

(1) SGANARELLE.

Je vous apprendrai que je ne suis point homme à cela; et que c'est une insolence extrême....

LÉANDRE, *lui mettant une bourse dans la main.*

Monsieur....

SGANARELLE.

De vouloir m'employer.... (*Tenant la bourse.*) Je ne parle pas pour vous ; car vous êtes honnête homme , et je serais ravi de vous rendre service : mais il y a de certains impertinens au monde , qui viennent prendre les gens pour ce qu'ils ne sont pas ; et je vous avoue que cela me met en colère.

LÉANDRE.

Je vous demande pardon , monsieur , de la liberté que...

SGANARELLE.

Vous vous moquez. De quoi est-il question ?

LÉANDRE.

Vous saurez donc , monsieur , que cette maladie que vous voulez guérir , est une feinte maladie. * Les médecins ont * raisonné là-dessus comme il faut , et ils n'ont pas manqué * de dire que cela procédait, qui du cerveau , qui des en- * trailles , qui de la rate , qui du foie; mais il est certain * que * l'amour en est la véritable cause, et que Lucinde n'a trouvé cette maladie que pour se délivrer d'un mariage dont elle était importunée. Mais, de crainte qu'on ne nous

(1) Léandre, Sganarelle.

voie ensemble, retirons-nous d'ici ; et je vous dirai, en marchant, ce que je souhaite de vous.

SGANARELLE.

Allons, monsieur; vous m'avez donné pour votre amour
une tendresse qui n'est pas concevable ; et j'y perdrai toute
ma médecine, ou la malade crèvera, ou bien elle sera à
vous.

FIN DU DEUXIÈME ACTE.

ACTE TROISIÈME.

SCÈNE I.

SGANARELLE, LÉANDRE, en apothicaire.

LÉANDRE.

Il me semble que je ne suis pas mal ainsi pour un apothicaire ; et, comme le père ne m'a guère vu, ce changement d'habit et de perruque est assez capable, je crois, de me déguiser à ses yeux.

SGANARELLE.

Sans doute.

LÉANDRE.

Tout ce que je souhaiterais, serait de savoir cinq ou six grands mots de médecine, pour parer mon discours, et me donner l'air d'habile homme.

SGANARELLE.

Allez, allez, tout cela n'est pas nécessaire ; il suffit de l'habit, et je n'en sais pas plus que vous.

LÉANDRE.

Comment !

SGANARELLE.

Diable emporte, si j'entends rien en médecine. Vous êtes honnête homme, et je veux bien me confier à vous, comme vous vous confiez à moi.

LÉANDRE.

Quoi ! vous n'êtes pas effectivement ?...

SGANARELLE.

Non, vous dis-je ; ils m'ont fait médecin malgré mes dents. Je ne m'étais jamais mêlé d'être si savant que cela ; et toutes mes études n'ont été que jusqu'en sixième. Je ne sais point sur quoi cette imagination leur est venue ; mais quand j'ai vu qu'à toute force, ils voulaient que je fusse médecin,

je me suis résolu de l'être aux dépens de qui il appartiendra.
Cependant vous ne sauriez croire comment l'erreur s'est répandue, et de quelle façon chacun est endiablé à me croire
habile homme. On me vient chercher de tous côtés ; et, si
les choses vont toujours de même, je suis d'avis de m'en tenir
toute ma vie à la médecine. Je trouve que c'est le métier le
meilleur de tous ; car, soit qu'on fasse bien, ou soit qu'on
fasse mal, on est toujours payé de même sorte. * La mé-
* chante besogne ne tombe jamais sur notre dos, et nous
* taillons comme il nous plaît sur l'étoffe où nous travail-
* lons. Un cordonnier, en faisant des souliers, ne saurait
* gâter un morceau de cuir, qu'il n'en paie les pots cassés ;
* mais ici l'on peut gâter un homme sans qu'il en coûte
* rien *. Les bévues ne sont point pour nous ; et c'est toujours la faute de celui qui meurt. Enfin, le bon de cette
profession, est qu'il y a parmi les morts une honnêteté, une
discrétion la plus grande du monde : jamais on n'en voit se
plaindre du médecin qui l'a tué.

LÉANDRE.

Il est vrai que les morts sont fort honnêtes gens sur cette
matière.

(1) SGANARELLE, voyant Jacqueline.

Voilà quelqu'un qui a la mine de me venir consulter. Allez
toujours m'attendre auprès du logis de votre maîtresse.

(LÉANDRE s'en va.)

SCÈNE II.

(Cette scène est supprimée.)

THIBAUT, SGANARELLE, PERRIN.

THIBAUT.

Monsieu, je venons vous charcher, mon fils Perrin et
moi.

SGANARELLE.

Qu'y a-t-il ?

---

(1) Ancien texte nécessaire à la scène suivante, si elle n'était pas supprimée

SGANARELLE, voyant des hommes qui viennent à lui.

Voici des gens qui ont la mine de me venir consulter. Allez toujours
m'attendre auprès du logis de votre maîtresse.

(LÉANDRE s'en va.)

THIBAUT.

Sa pauvre mère, qui a nom Parette, est dans un lit malade, il y a six mois.

SGANARELLE, tendant la main comme pour recevoir de l'argent.

Que voulez-vous que j'y fasse?

THIBAUT.

Je voudrais, monsieu, que vous nous baillissiez quelque petite drolerie pour la garir.

SGANARELLE.

Il faut voir de quoi est-ce qu'elle est malade.

THIBAUT.

Alle est malade d'hypocrisie, Monsieu.

SGANARELLE.

D'hypocrisie!

THIBAUT.

Oui; c'est-à-dire qu'elle est enflée partout; et l'an dit que c'est quantité de sériosités qu'alle a dans le corps; et que son foie, son ventre, ou sa rate, comme vous voudrais l'appeler, au glieu de faire du sang, ne fait plus que de l'iau. Alle a, de deux jours l'un, la fièvre quotiguenne, avec des lassitudes et des douleurs dans les mufles des jambes. On entend dans sa gorge des fleumes qui sont tout prêts à l'étouffer; parfois il lui prend des sincoles et des conversions, que je crayons qu'alle est passée. J'avons dans notre village un apothicaire, révérence parler, qui li a donné je ne sais combien d'histoires; et il m'en coûte plus d'eune douzaine de bons écus en lavemens, ne vs'en déplaise, en apostumes qu'on li a fait prendre, en infections de Jacinthe, et en portions cordales. Mais tout ça, comme dit l'autre, n'a été que de l'ongent miton-mitaine. Il velait li bailler d'eune certaine drogue que l'on appelle du vin amétile; mais j'ai z-eu peur, franchement, que ça l'envoyist à patres; et l'an dit que ces gros médecins tuont je ne sais combien de monde avec cette invention-là.

SGANARELLE tendant toujours la main, et la branlant comme pour signe qu'il
demande de l'argent.

Venons au fait, mon ami, venons au fait.

THIBAUT.

Le fait est, monsieu, que je venons vous prier de nous dire ce qu'il faut que je fassions.

SGANARELLE.

SGANARELLE.

Je ne vous entends point du tout.

PERRIN, *tirant de l'argent de sa poche.*

Monsieu, ma mère est malade, et vela deux écus que je vous apportons, pour nous bailler queuque remède.

SGANARELLE.

Ah ! je vous entends, vous. Voilà un garçon qui parle clairement, et qui s'explique comme il faut. Vous dites que votre mère est malade d'hydropisie, qu'elle est enflée par tout le corps, qu'elle a la fièvre avec des douleurs dans les jambes, et qu'il lui prend parfois des syncopes et des convulsions, c'est-à-dire, des évanouissemens.

PERRIN.

Eh! oui, monsieu ! c'est justement ça.

SGANARELLE.

J'ai compris d'abord vos paroles. Vous avez un père qui ne sait ce qu'il dit. Maintenant vous me demandez un remède ?

PERRIN.

Oui, Monsieu.

SGANARELLE.

Un remède pour la guérir ?

PERRIN.

C'est comme je l'entendons.

SGANARELLE, *lui donnant un morceau de fromage qu'il tire de sa poche.*

Tenez, voilà un morceau de fromage qu'il faut que vous lui fassiez prendre.

PERRIN.

Du fromage, monsieu !

SGANARELLE.

Oui : c'est un fromage préparé, où il y entre de l'or, du corail et des perles, et quantité d'autres choses précieuses.

PERRIN.

Monsieu, je vous sommes bien obligés ; et j'allons li faire prendre ça tout à l'heure.

SGANARELLE.

Allez. Si elle meurt, ne manquez pas de la faire enterrer du mieux que vous pourrez.

(*Thibaut et Perrin s'en vont.*)

Le Médecin malgré lui.   6

SCÈNE III.

JACQUELINE, SGANARELLE.

SGANARELLE.

Voici la belle nourrice. — Ah ! nourrice de mon cœur, je suis ravi de cette rencontre ; et votre vue est la rhubarbe, la casse et le séné, qui purgent toute la mélancolie de mon âme.

JACQUELINE.

Par ma figué, monsieu le médecin, ça est trop bian dit pour moi, et je n'entends rien à tout votre latin.

SGANARELLE,

Devenez malade, nourrice, je vous prie, devenez malade pour l'amour de moi. J'aurais toutes les joies du monde de vous guérir.

JACQUELINE.

Je sis votre sarvante, j'aime bian mieux qu'an ne me garrisse pas.

SCÈNE IV.

JACQUELINE, SGANARELLE ; *LUCAS les écoutant, derrière.*

SGANARELLE.

Que je vous plains, belle nourrice, d'avoir un mari jaloux et fâcheux comme celui que vous avez !

JACQUELINE.

Que voulez-vous, monsieu, c'est pour la pénitence de mes fautes ; et là où la chèvre est liée, il faut bian qu'alle y broute.

SGANARELLE.

Comment ! un rustre comme cela ! un homme qui vous observe toujours, et ne veut pas que personne vous parle !

JACQUELINE.

Hélas ! vous n'avez rien vu encore ; et ce n'est qu'un petit échantillon de sa mauvaise humeur.

SGANARELLE.

Est-il possible ? et qu'un homme ait l'âme assez basse pour maltraiter une personne comme vous ? Ah ! que j'en sais, belle nourrice, et qui ne sont pas loin d'ici, qui se tiendraient heureux de baiser seulement les petits bouts de vos petons ! Pourquoi faut-il qu'une personne si bien faite, soit tombée en de telles mains ? et qu'un franc animal, un brutal, un stupide, un sot..... Pardonnez-moi, nourrice, si je parle ainsi de votre mari.

JACQUELINE.

Eh ! monsieu, je sais bian qu'il mérite tous ces noms-là.

SGANARELLE.

Oui, sans doute, nourrice, il les mérite : et il mériterait encore que vous lui missiez quelque chose sur la tête, pour le punir des soupçons qu'il a.

JACQUELINE.

Il est bien vrai que, si je n'avais devant les yeux que son intérêt, il pourrait m'obliger à queuque étrange chose.

SGANARELLE.

Ma foi, vous ne feriez pas mal de vous venger de lui avec quelqu'un. C'est un homme, je vous le dis, qui mérite bien cela ; et, si j'étais assez heureux, belle nourrice, pour être choisi pour...

(En cet endroit, tous deux apercevant Lucas qui était derrière eux, et entendait leur dialogue, chacun se retire de son côté, mais le médecin d'une manière fort plaisante.)

SCÈNE V.

GÉRONTE, LUCAS.

GÉRONTE.

Holà ! Lucas, n'as-tu point vu ici notre médecin ?

LUCAS.

Eh ! oui, de par tous les diantres, je l'ai vu, et ma femme aussi.

GÉRONTE.

Où est-ce donc qu'il peut être ?

LUCAS.

Je ne sais ; mais je voudrais qu'il fût à tous les guiebles.

GÉRONTE.

Va-t-en voir un peu ce que fait ma fille.

(Lucas s'en va.)

SCÈNE VI.

GÉRONTE, SGANARELLE, *LÉANDRE*.

GÉRONTE, à Sganarelle.

Ah ! Monsieur, je demandais où vous étiez.

SGANARELLE.

Je m'étais amusé, dans votre cour, à expulser le superflu
de la boisson. Comment se porte la malade ?

GÉRONTE.

Un peu plus mal, depuis votre remède.

SGANARELLE.

Tant mieux : c'est signe qu'il opère.

GÉRONTE.

Oui ; mais, en opérant, je crains qu'il ne l'étouffe.

SGANARELLE.

Ne vous mettez pas en peine ; j'ai des remèdes qui se mo-
quent de tout, et je l'attends à l'agonie.

GÉRONTE.

Qui est cet homme-là que vous amenez ?

SGANARELLE, faisant des signes avec la main que c'est un apothicaire.

C'est...

GÉRONTE.

Quoi ?

SGANARELLE.

Celui...

GÉRONTE.

Eh !

SGANARELLE, imitant l'action de donner un clystère.

Qui...

GÉRONTE.

Je vous entends.

SGANARELLE.

Votre fille en aura besoin.

SCÈNE VII.

JACQUELINE, GÉRONTE, SGANARELLE, LÉANDRE.

JACQUELINE.

Monsieur, vela votre fille qui veut un peu marcher.

(Elle s'en va.)

SCÈNE VIII.

LUCINDE, LÉANDRE, GÉRONTE, SGANARELLE.

SGANARELLE.

Cela lui fera du bien. (*A Léandre.*) Allez-vous-en, monsieur l'apothicaire, tâter un peu son pouls, afin que je raisonne tantôt avec vous de sa maladie. (*En cet endroit, il tire Géronte à un bout du théâtre; et, lui passant un bras sur les épaules, lui rabat la main sous le menton, avec laquelle il le fait retourner vers lui, lorsqu'il veut regarder ce que sa fille et l'apothicaire font ensemble, lui tenant cependant le discours suivant pour l'amuser.*) Monsieur, c'est une grande et subtile question entre les docteurs, de savoir si les femmes sont plus faciles à guérir que les hommes. Je vous prie d'écouter ceci, s'il vous plaît. Les uns disent que non; les autres disent que oui; et moi, je dis que oui, et non. D'autant que l'incongruité des humeurs opaques qui se rencontrent au tempérament naturel des femmes, étant cause que la partie brutale veut toujours prendre empire sur la sensitive, on voit que l'inégalité de leurs opinions dépend du mouvement oblique du cercle de la lune; et comme le soleil qui darde ses rayons sur la concavité de la terre, trouve....

LUCINDE, à Léandre.

Non, je ne suis point du tout capable de changer de sentiment.

GÉRONTE.

Voilà ma fille qui parle! O grande vertu du remède! ô admirable médecin! Que je vous suis obligé, monsieur, de cette guérison merveilleuse; et que puis-je faire pour vous après un tel service?

SGANARELLE, *se promenant sur le théâtre, et s'essuyant le front.*

Voilà une maladie qui m'a bien donné de la peine (1) !

LUCINDE, *s'approchant.*

Oui, mon père, j'ai recouvré la parole ; mais je l'ai recouvrée pour vous dire, que je n'aurai jamais d'autre époux que Léandre, et que c'est inutilement que vous voulez me donner Horace.

GÉRONTE.

Mais...

LUCINDE.

Rien n'est capable d'ébranler la résolution que j'ai prise.

GÉRONTE.

Quoi !...

LUCINDE.

Vous m'opposerez en vain de belles raisons.

GÉRONTE.

Si....

LUCINDE.

Tous vos discours ne serviront de rien.

GÉRONTE.

Je....

LUCINDE.

C'est une chose où je suis déterminée.

GÉRONTE.

Mais...

LUCINDE.

Il n'est puissance paternelle qui me puisse obliger à me marier malgré moi.

GÉRONTE.

J'ai....

LUCINDE.

Vous avez beau faire tous vos efforts.

GÉRONTE.

Il....

LUCINDE.

Mon cœur ne saurait se soumettre à cette tyrannie.

GÉRONTE.

La....

(1) Lucinde, Géronte, *Léandre*, Sganarelle.

LUCINDE.

Et je me jetterai plutôt dans un couvent, que d'épouser un homme que je n'aime point.

GÉRONTE.

Mais....

LUCINDE, parlant d'un ton de voix à étourdir.

Non. En aucune façon. Point d'affaires. Vous perdez le temps. Je n'en ferai rien. Cela est résolu.

GÉRONTE.

Ah! quelle impétuosité de paroles! Il n'y a pas moyen d'y résister. (*A Sganarelle.*) Monsieur, je vous prie de la faire redevenir muette.

SGANARELLE.

C'est une chose qui m'est impossible. Tout ce que je puis faire pour votre service, est de vous rendre sourd, si vous voulez.

GÉRONTE.

Je vous remercie. (*A Lucinde.*) Penses-tu donc....

LUCINDE.

Non, toutes vos raisons ne gagneront rien sur mon âme.

GÉRONTE.

Tu épouseras Horace dès ce soir.

LUCINDE.

J'epouserai plutôt la mort.

SGANARELLE, à Géronte.

Mon Dieu, arrêtez-vous; laissez-moi médicamenter cette affaire. C'est une maladie qui la tient, et je sais le remède qu'il faut y apporter.

GÉRONTE.

Serait-il possible, monsieur, que vous pussiez aussi guérir cette maladie d'esprit?

SGANARELLE.

Oui, laissez - moi faire; j'ai des remèdes pour tout, et notre apothicaire nous servira pour cette cure. (*Il appelle Léandre, et lui parle*) (1) Un mot. Vous voyez que l'ardeur qu'elle a pour ce Léandre, est tout-à-fait contraire aux volontés du père; qu'il n'y a point de temps à perdre; que les humeurs sont fort aigries, et qu'il est nécessaire de trouver

____

(1) Lucinde, Géronte, Sganarelle, Léandre.

promptement un remède à ce mal qui pourrait empirer par le retardement. Pour moi je n'y en vois qu'un seul, qui est une prise de fuite purgative que vous mêlerez comme il faut avec deux drachmes de matrimonium en pilules. Peut-être fera-t-elle quelque difficulté à prendre ce remède ; mais, comme vous êtes habile homme dans votre métier, c'est à vous de l'y résoudre, et de lui faire avaler la chose du mieux que vous pourrez. Allez-vous-en lui faire faire un petit tour de jardin, afin de préparer les humeurs, tandis que j'entretiendrai ici son père : mais surtout ne perdez point de temps. Au remède, vite, au remède spécifique.

(LÉANDRE emmène Lucinde.)

SCÈNE IX.

GÉRONTE, SGANARELLE.

GÉRONTE.

Quelles drogues, monsieur, sont celles que vous venez de dire ? Il me semble que je ne les ai jamais ouï nommer.

SGANARELLE.

Ce sont des drogues dont on se sert dans les nécessités urgentes.

GÉRONTE.

Avez-vous jamais vu une insolence pareille à la sienne ?

SGANARELLE.

Les filles sont quelquefois un peu têtues.

GÉRONTE.

Vous ne sauriez croire comme elle est affolée de ce Léandre.

SGANARELLE.

La chaleur du sang fait cela dans les beaux esprits.

GÉRONTE.

Pour moi, dès que j'ai eu découvert la violence de cet amour, j'ai su tenir toujours ma fille renfermée.

SGANARELLE.

Vous avez fait sagement.

GÉRONTE.

GÉRONTE.

Et j'ai bien empêché qu'ils n'aient eu communication ensemble.

SGANARELLE.

Fort bien.

GÉRONTE.

Il serait arrivé quelque folie, si j'avais souffert qu'ils se
fussent vus.

SGANARELLE.

Sans doute.

GÉRONTE.

Et je crois qu'elle aurait été fille à s'en aller avec lui.

SGANARELLE.

C'est prudemment raisonné.

GÉRONTE.

On m'avertit qu'il fait tous ses efforts pour lui parler.

SGANARELLE.

Quel drôle !

GÉRONTE.

Mais il perdra son temps.

SGANARELLE.

Ah ! ah !

GÉRONTE.

Et j'empêcherai bien qu'il ne la voie.

SGANARELLE.

Il n'a pas affaire à un sot, et vous savez des rubriques qu'il
ne sait pas. Plus fin que vous n'est pas bête.

SCÈNE X.

LUCAS, GÉRONTE, SGANARELLE.

LUCAS, à Géronte.

Ah ! palsanguenne, monsieu, vaici bian du tintamarre ;
votre fille s'en est enfuie avec son Liandre : c'était lui qui
était l'apothicaire ; et vela monsieur le médecin qui a fait
cette belle opération-là.

GÉRONTE.

Comment ! m'assassiner de la façon ! Allons, un commis-

saire ; et qu'on empêche qu'il ne sorte. Ah! traître, je vous
ferai punir par la justice.

(Il s'en va.)

SCÈNE XI.

LUCAS, SGANARELLE.

LUCAS.

Ah! par ma fi, monsieu le médecin , vous serez pendu;
ne bougez de là seulement.

SCÈNE XII.

MARTINE, LUCAS; SGANARELLE.

MARTINE.

Ah, mon Dieu! que j'ai eu peine à trouver ce logis! (*A
Lucas.*) Dites-moi un peu des nouvelles du médecin que je
vous ai donné.

LUCAS.

Le vela qui va être pendu.

(1) MARTINE.

Quoi! mon mari pendu? Hélas! Et qu'a-t-il fait pour
cela?

LUCAS.

Il a fait enlever la fille de notre maître.

MARTINE, à Sganarelle.

Hélas! mon cher mari, est-il bien vrai qu'on te va
pendre.

SGANARELLE, en pleurant.

Tu vois. Ah!

MARTINE.

Faut-il que tu te laisses mourir en présence de tant de
gens?

SGANARELLE.

Que veux-tu que j'y fasse?

(1) Lucas, Martine, Sganarelle.

MARTINE.

Encore, si tu avais achevé de couper notre bois, je prendrais quelque consolation.

SGANARELLE.

Retire-toi de là, tu me fends le cœur.

MARTINE.

Non; je veux demeurer pour t'encourager à la mort; et je ne quitterai point, que je ne t'aie vu pendu.

SGANARELLE.

Ah!

SCÈNE XIII.

LUCAS, GÉRONTE, MARTINE, SGANARELLE.

GÉRONTE.

Le commissaire viendra bientôt, et l'on s'en va vous mettre en lieu où l'on répondra de vous.

SGANARELLE, le chapeau à la main.

Hélas! cela ne se peut-il point changer en quelques coups de bâton?

GÉRONTE.

Non, non, la justice en ordonnera.

SCÈNE XIV ET DERNIÈRE.

LUCAS, LUCINDE, LÉANDRE, GÉRONTE, MARTINE, SGANARELLE.

GÉRONTE, voyant arriver Léandre avec Lucinde.

Mais que vois-je?

LÉANDRE.

Monsieur, je viens faire paraître Léandre à vos yeux, et remettre Lucinde en votre pouvoir. Nous avons eu dessein de prendre la fuite nous deux, et de nous aller marier ensemble; mais cette entreprise a fait place à un procédé plus honnête. Je ne prétends pas vous voler votre fille, et ce n'est que de votre main que je veux la recevoir. Ce que je vous dirai, monsieur, c'est que je viens tout à l'heure de recevoir des lettres, par où j'apprends que mon oncle est mort, et que je suis héritier de tous ses biens.

GÉRONTE.

Monsieur, votre vertu m'est tout-à-fait considérable, et je vous donne ma fille avec la plus grande joie du monde.

SGANARELLE.

La médecine l'a échappé belle !

MARTINE.

Puisque tu ne seras point pendu, rends-moi grâce d'être médecin ; car c'est moi qui t'ai procuré cet honneur.

SGANARELLE.

Oui ; c'est toi qui m'as procuré je ne sais combien de coups de bâton.

LÉANDRE.

L'effet est trop beau, pour en garder du ressentiment.

SGANARELLE.

Soit, je te pardonne ces coups de bâton, en faveur de la dignité où tu m'as élevé : mais prépare-toi désormais à vivre dans un grand respect, avec un homme de ma conséquence ; et songe que la colère d'un médecin est plus à craindre qu'on ne peut croire.

FIN DU TROISIÈME ET DERNIER ACTE.